G

Le beau Valentino sort ses crocs

Illustrations
de Pierre-André Derome

la courte échelle
Les éditions de la courte échelle inc.

Les éditions de la courte échelle inc.
5243, boul. Saint-Laurent
Montréal (Québec) H2T 1S4

Direction artistique:
Annie Langlois

Révision:
Lise Duquette

Conception graphique de la couverture:
Elastik

Conception graphique de l'intérieur:
Derome design inc.

Mise en pages:
Mardigrafe inc.

Dépôt légal, 3ᵉ trimestre 2003
Bibliothèque nationale du Québec

La courte échelle reconnaît l'aide financière du gouvernement du
Canada par l'entremise du Programme d'aide au développement de
l'industrie de l'édition pour ses activités d'édition. La courte échelle est
aussi inscrite au programme de subvention globale du Conseil des Arts
du Canada et reçoit l'appui du gouvernement du Québec par
l'intermédiaire de la SODEC.

La courte échelle bénéficie également du Programme de crédit d'impôt
pour l'édition de livres — Gestion SODEC — du gouvernement du
Québec.

Données de catalogage avant publication (Canada)

Gauthier, Gilles

   Le beau Valentino sort ses crocs

   (Premier Roman; PR135)

   ISBN 2-89021-636-5

   I. Derome, Pierre-André. II. Titre. III. Collection.

PS8563.A858B42 2003   jC843'.54   C2003-940634-2
PS9563.A858B42 2003
PZ23.G38Be 2003

Gilles Gauthier

Gilles Gauthier est l'auteur de plusieurs pièces de théâtre et surtout de nombreux romans pour les jeunes. Il est aussi le concepteur principal d'une série pédagogique, en dessins animés, sur l'écriture.

Son talent de romancier a été récompensé à de nombreuses reprises. Il a entre autres reçu le prix Alvine-Bélisle 1989, choix des bibliothécaires, pour son roman *Ne touchez pas à ma Babouche* et, en 1992, le prix du livre M. Christie pour *Le gros problème du petit Marcus*. Ce dernier figure également, depuis 1994, sur la liste d'honneur du IBBY international, qui couronne les meilleurs livres jeunesse du monde, et il a été retenu en finale du Prix international du livre Espace-Enfants en Suisse en 1998. Au Prix du livre de la Montérégie, il a remporté le Grand Prix en 2000 pour *Pas de Chausson dans mon salon*, en 2001 pour *Mon cher Chausson*, en 2002 pour *Comment on fait un enfant parfait*, ainsi que la troisième position en 2003 pour *Le grand Antonio a le coeur gros*. Plusieurs romans de Gilles Gauthier sont traduits en anglais, en chinois, en espagnol et en grec. Véritable amoureux des livres, Gilles Gauthier adore bouquiner pendant des heures dans les librairies.

Pierre-André Derome

Dire que Pierre-André Derome dessinait avant même de savoir parler serait un peu exagéré... Mais il est vrai que, depuis toujours, il entretient une grande passion pour les crayons de couleur et les livres pour les jeunes. Il a même son propre studio de graphisme. À la courte échelle, il est l'illustrateur des séries Marcus, Babouche et Chausson de l'auteur Gilles Gauthier. Il a également illustré, dans la série Il était une fois..., l'album *La princesse qui voulait choisir son prince* de Bertrand Gauthier. Et même quand il travaille beaucoup, Pierre-André garde toujours du temps pour s'amuser avec ses deux enfants et son gros chien. De plus, il aime bien jouer au hockey et au tennis.

Gilles Gauthier

Le beau Valentino sort ses crocs

Illustrations
de Pierre-André Derome

la courte échelle

1
Beau comme un dieu

Mon frère Valentino est beau. Tellement beau que notre mère n'a vu que lui à notre naissance. Même si nous étions des triplés.

Aussitôt qu'elle l'a aperçu, Alice s'est mise à l'adorer. Pour elle, c'était l'enfant parfait, le petit prince tant désiré.

Il faut dire qu'Antonio et moi, nous étions plutôt étonnants. Antonio est un géant et moi, Lilli, l'unique fille, je suis de la taille du Petit Poucet. Comme nous ne sommes pas jolis en plus, notre mère a vite fait son choix.

Heureusement, Albert, notre père, a réagi différemment. Il aurait souhaité qu'Antonio devienne un jour un lutteur champion. Il a abandonné ce rêve.

Mon frère est un doux géant qui aime prendre soin de sa soeurette. Albert s'est fait une raison et il a choisi de nous protéger. C'est lui qui a empêché que nous ne devenions des bêtes de cirque.

À cause de notre physique étrange, les reporters nous harcelaient. Ils voulaient montrer au public ce colosse et sa mini-soeur. Notre père a fini par se fâcher.

Il a mis avec fermeté plusieurs journalistes à la porte. Il leur a dit que ses enfants avaient le droit de vivre en paix. Il a lutté en vrai champion contre ces curieux embêtants.

Malheureusement, notre mère percevait les choses autrement. Des gens de la télévision ont remarqué Valentino. Ils ont proposé à Alice qu'il aille passer des auditions. Pour jouer dans des publicités.

Alice a tout de suite accepté. Elle n'a pas hésité une seconde. Elle n'a rien voulu entendre des mises en garde de son mari. Pour elle, c'était l'occasion en or d'offrir un trône à son petit prince.

Le ravissant Valentino était fier de ce qui lui arrivait. Il nous regardait de haut, même si Antonio est trois fois plus grand. Il devait déjà s'imaginer en vedette à Hollywood.

Notre film d'horreur venait de commencer.

2
Branle-bas de combat

Sitôt le rendez-vous fixé, notre maison s'est transformée. Alice était tout énervée et elle ne pouvait plus s'arrêter. Elle voulait être certaine que son prince fasse bonne impression.

Ma mère s'est d'abord attaquée à la coiffure de Valentino. Mon frère a des cheveux dorés qui frisent comme les poils d'un mouton. Alice ne cessait de les peigner chaque jour de trente-six façons.

Albert, qui l'observait de loin, essayait de la raisonner.

— Laisse donc cet enfant tranquille. Il est parfait au naturel. À

force de lui jouer dans la tête, tu vas finir par le rendre fou.

— C'est plutôt toi qui étais fou de vouloir que je refuse cette audition. Maintenant, tu cherches à m'empêcher d'aider mon fils à l'emporter. Mais je peux t'assurer que personne ne sera plus beau que mon Valentino.

Dès que la coiffure a été choisie, le magasinage a commencé. Mon père est veilleur de nuit et il gagne un petit salaire. Cependant, Alice paraissait avoir oublié ce détail.

Régulièrement, elle revenait avec d'énormes sacs d'emplettes. À la voir, on aurait juré qu'on avait remporté le gros lot. Quand Albert l'apercevait, il levait les yeux au ciel. Ma mère était survoltée.

— J'ai enfin trouvé ce que je cherchais. Dans ce superbe habit de velours, mon prince aura l'air d'un vrai roi. Donnez-nous seulement deux minutes et vous serez impressionnés.

Valentino se laissait vêtir tel un caniche apprivoisé. Albert regardait la scène, de plus en plus découragé. Dès que mon frère était déguisé, il se mettait à parader.

— Et puis? Qu'est-ce que vous en pensez? N'est-ce pas le plus bel enfant du monde? Est-ce que quelqu'un va me répondre?

Après un moment d'hésitation, mon père risquait quelques mots:

— Il me semble que…

Il ne se rendait jamais plus loin.

— En plein ce que j'avais prévu. On vise encore à me critiquer. Mais rabâchez ce que vous voulez. Nous deux, on gagnera sans vous.

Alice nous tournait le dos en emmenant Valentino. Avant de quitter le salon, notre frérot en profitait. Il nous adressait une grimace.

Mon père secouait la tête. Il faisait signe de ne pas répliquer.

3
Une audition mémorable

Le fameux jour est arrivé. Alice avait tout planifié. Papa, Antonio et moi, nous assistions incognito. Nous étions assis au fond de la salle pour ne pas nuire à Valentino.

Au bas de la scène, on pouvait compter au moins une douzaine d'enfants. À tour de rôle, chacun devait monter faire son petit numéro.

À la vue de cette marmaille, Alice a changé de couleur. Elle a perdu son assurance et ses mains se sont mises à trembler. Notre mère venait de comprendre que sa guerre était loin d'être gagnée.

Autour d'elle, il y avait uniquement de très beaux enfants. Pas de géant moche comme Antonio ni de vilaine puce à mon image. Dans le groupe, son Valentino passait presque inaperçu.

Notre frère semblait extrêmement nerveux. Il n'arrêtait pas de bouger en observant les autres candidats. De toute évidence, Alice tentait de lui remonter le moral.

Les choses ont pris une mauvaise tournure dès que Valentino est monté sur scène. Il a raté la dernière marche et il s'est retrouvé à quatre pattes. Une dame a accouru vers lui.

De loin, Alice l'a assurée qu'il n'y avait rien de grave. Piteux et les joues en feu, Valentino s'est relevé. Son audition a débuté.

Je ne vais pas vous raconter le film d'horreur dans ses détails. Ce qui est certain, cependant, c'est que ça s'est mal déroulé.

Chaque enfant avait d'abord à réciter une courte phrase. Elle vantait les grands mérites d'une marque célèbre de chocolat. Quand Valentino a ouvert la bouche, le rêve d'Alice s'est écroulé.

Mon frère était beau à voir, mais beaucoup moins beau à entendre. En fait, personne ne l'entendait, même en tendant les deux oreilles. Valentino arrivait à peine à bredouiller quelques syllabes.

Alice frétillait sur son siège. Elle voulait intervenir. La responsable des auditions lui indiquait de se rasseoir. Il était clair que notre mère n'aidait nullement son poulain.

Après maintes tentatives ratées, on est passé à une autre étape. Maintenant, il s'agissait de chanter la phrase sur un air de musique. S'étant un peu ressaisi, Valentino s'est exécuté.

Malheureusement pour Alice, notre frère chante encore plus faux qu'elle. Il n'avait jamais le bon ton et il ne tombait jamais sur le bon temps. Soit il attaquait trop tôt, soit il finissait trop tard.

Autant Antonio a de l'oreille, autant Valentino est sourd. Antonio avait saisi l'air et il me chantonnait la phrase. Valentino n'y parvenait pas.

Alice a su que tout était perdu quand on a appelé le candidat suivant. Ce René-Charles était beau et, en plus, il savait chanter. Au bout de quelques minutes, le sort en était jeté.

Pour consoler Valentino, Alice a tenté de lui sourire. Toutefois, il était évident que le coeur n'y était pas.

Sur le visage de notre mère, c'est une grimace qui est apparue. Et dans les yeux de Valentino, deux énormes gouttes de pluie.

Le retour à la maison s'est fait dans un affreux silence.

4
L'ouragan Alice

C'était le calme avant la tempête. Aussitôt la porte refermée, notre mère a éclaté.

Elle ressemblait à une bouilloire longtemps gardée sous pression. Les mots sortaient de sa bouche comme des boulets de canon. Elle était prête à s'en prendre à la moitié de l'humanité.

— Pourquoi nous avoir caché la fameuse phrase à prononcer? Si on l'avait connue d'avance, on aurait pu s'exercer. Je suis sûre que ces tricheurs l'avaient confiée à ce René-Charles.

Albert a tenté de répondre:

— Quand on passe une audition, il est normal que…

— Il n'y avait rien de normal. C'est clair que tout était arrangé. En mettant les pieds dans la salle, j'ai eu aussitôt des soupçons.

— Il y avait beaucoup d'enfants…

— C'était seulement pour nous tromper. Le gagnant était déjà choisi. Ils se sont moqués de nous.

— Il me semble que…

— Tu as vu ce jeune hypocrite! Veux-tu me faire croire qu'il ignorait la phrase qu'il allait chanter? Voyons, ne sois pas ridicule! Au bout de deux ou trois secondes, on aurait dit Pavarotti.

— Certains enfants ont ce talent.

— Tu appelles ça un talent. Moi, j'appelle ça un miracle. Cet enfant n'était qu'un perroquet et c'est pourquoi il a gagné.

Pour tenter de clore le débat, mon père a arrêté de parler. Il a fallu au moins une heure avant qu'Alice en fasse autant.

En attendant, Antonio et moi, nous observions Valentino. Il était assis sur une chaise et il avait la tête baissée. De temps à autre, il essuyait de minces filets d'eau sur sa joue.

Je ne crois pas qu'il entendait ce que notre mère racontait. Il paraissait trop touché pour vraiment porter attention.

Le petit prince était tombé durement en bas de son trône. Quelque part, au fond de lui, quelque chose s'était brisé.

5
Une deuxième chance

La colère de notre mère n'allait pas durer longtemps. Dès le lendemain de l'audition, le téléphone a sonné. C'est Alice qui a répondu et elle s'est transformée sous nos yeux.

À mesure que le temps passait, notre mère rajeunissait. C'était évident, au bout du fil, les nouvelles étaient plutôt bonnes. Lorsqu'elle a déposé le récepteur, Alice flottait sur un nuage.

Elle a empoigné Valentino et elle s'est mise à l'embrasser. Elle virevoltait comme une enfant avec son fils dans les bras. Elle criait au même moment à nous défoncer les oreilles:

— On a gagné. On a gagné, mon Valentino adoré.

Nous regardions tous, perplexes, ce spectacle inattendu. Essoufflée, le coeur battant, Alice a fini par se calmer. Albert a osé une question:

— Ils sont revenus sur leur décision?

Avec un large sourire, Alice a fait non de la tête.

— Ils ont tout simplement repéré le vrai talent de Valentino.

Intrigué par cette réponse, Albert a voulu en savoir plus.

— Et ce vrai talent, c'est…

— Notre fils va entreprendre une carrière de mannequin. On réclame ses services pour le défilé d'un grand couturier. Et encore

plus extraordinaire, ce sera télé-
visé en direct.

Quand Alice a terminé, il y a
eu un long silence. Notre père
cherchait comment réagir. Il semblait se demander s'il devait se
réjouir ou s'affoler.

C'est alors que, de nulle part, une petite voix s'est fait entendre. Elle parlait tellement bas qu'on pouvait à peine la percevoir. Une courte phrase venait de sortir des lèvres de Valentino:

— Je n'irai pas.

Incrédule, Alice a souri et elle a pris un ton très doux:

— Mais voyons, mon beau chéri. Attends que maman t'explique.

La réplique n'a pas tardé:

— Je n'irai pas.

En essayant de se maîtriser, Alice s'est approchée.

— Tu n'auras pas à chanter. Tu n'auras pas à dire un mot. Tu te promèneras seulement dans des vêtements magnifiques.

— Je ne veux pas.

— Je sais que tu es fatigué, que tu penses à ce qui s'est passé. Cette fois, ce sera différent. Ce sera facile, tu verras.

— Non.

Sentant que ça tournait mal, Alice a changé de tactique.

— Parfait. Parfait. On n'en parle plus. On oublie ça pour aujourd'hui. Après une bonne nuit de repos, tout le monde sera en meilleure forme.

Alice a fait volte-face et elle s'est dirigée vers sa chambre. Valentino a levé la tête et il l'a suivie du regard. Notre mère n'a pas bronché quand il a encore murmuré:

— Je n'irai pas.

6
Coup de théâtre

Le lendemain, le soleil avait raté son rendez-vous. Le ciel était d'un gris sale et il pleuvait à boire debout. Cependant, notre mère Alice rayonnait dans la cuisine.

Elle chantonnait en préparant les oeufs pour le déjeuner. On aurait juré qu'elle venait de faire un beau rêve pendant la nuit. C'était comme si elle n'était pas encore totalement réveillée.

Chacun mangeait en se demandant ce que cachait un tel entrain. Albert avait l'air songeur et il fixait Valentino. Notre frère avait le nez collé sur son bol de céréales.

Finalement, le voile s'est levé sur le mystérieux secret.

— Valentino a changé d'idée. Il ira au défilé.

Tous les yeux se sont tournés vers le rebelle de la veille. Notre frère n'avait pas bougé. Il gardait sa tête baissée.

— Je lui ai parlé ce matin et mon chéri a compris. Il n'est plus question maintenant qu'il rate une occasion pareille. Il pourra enfin se reprendre et montrer ce dont il est capable.

Albert a cessé de manger. Il paraissait étonné par ce qu'il venait d'apprendre. Il a tenté de vérifier l'affirmation de sa femme.

— Tu es sûr de ta décision?

Les yeux rivés sur la table, Valentino a fait un petit oui.

— Pourtant, pas plus tard qu'hier…

— Valentino a réfléchi.

Alice avait repris la parole.

— Il sait que, lors de l'audition, on ne lui a pas donné sa chance.

Notre père a réagi.

— Il me semble qu'il a eu aussi…

— Je lui ai expliqué que, cette fois, ce sera vraiment différent. Valentino veut que sa maman puisse être fière de lui. N'est-ce pas, mon bel amour?

Valentino a levé les yeux, mais il n'a rien répondu. Il avait le regard fuyant.

Alice a vite enchaîné:

— Sa famille sera contente de le voir à la télévision.

7
Coup d'éclat

Alice était folle de joie en partant pour le défilé. Elle devait déjà imaginer le triomphe de son adoré.

Notre père paraissait inquiet. Comme nous, il devait trouver louche ce changement brusque chez Valentino. Il se demandait sûrement s'il n'était pas un peu forcé.

Toutefois, les dés étaient jetés. Albert n'y pouvait plus rien. Il assisterait avec nous à la suite des événements.

Car Alice avait décidé de nous laisser à la maison. Elle

estimait que, seul avec elle, Valentino serait moins nerveux. Papa devait se charger d'enregistrer le défilé.

Le spectacle a débuté. À sa première apparition, Valentino était magnifique. Il se promenait

sans gêne devant l'oeil des caméras.

Il faut dire qu'il avait dû s'exercer au moins cent fois. Alice
n'avait pas cessé de nous vanter
son talent. Valentino était, paraît-
il, la coqueluche aux répétitions.

À ses deuxième et troisième
présences, notre frère a fait encore fureur. Les vêtements qu'il
portait mettaient sa beauté en va-
leur. Devant notre téléviseur,
nous étions fiers de notre vedette.

Vint alors la grande finale.

Pour sa dernière entrée sur
scène, notre frère était drôlement
habillé. Son veston avait l'air trop
court et son pantalon trop long.
Le pire, c'est que René-Charles
se dandinait à ses côtés.

Ce dernier avait l'allure d'un
roi dans son beau costume. Au

lieu de suivre Valentino, il cherchait toujours à le devancer. Notre frère devait courir pour tenter de conserver sa place.

Est arrivé ce qui devait arriver. À l'extrémité de l'estrade, la bousculade a commencé. C'était à qui réussirait à prendre les devants au retour.

Pour protéger sa trajectoire, notre frère a poussé René-Charles. Incapable de se retenir, le pauvre est tombé de l'estrade. En gros plan, on a vu ALICE le recevoir à bras ouverts.

Valentino a quitté la scène, la tête haute, sans se retourner. Sa carrière de mannequin se terminait sur le mot FIN.

8
Un étrange revirement

Nous n'osions imaginer la réaction d'Alice à son retour. Albert nous a expliqué qu'il valait mieux ne pas parler. Il fallait laisser à notre mère la chance de se défouler. Nous étions préparés au pire.

Quand Alice a fait son entrée, un silence de mort régnait. On aurait entendu voler la mouche la moins bruyante. Nous avions tous les yeux fixés sur le duo devant nous.

À notre grande surprise, notre mère n'a pas prononcé un mot. Elle regardait dans notre direction

avec un air d'animal blessé. Pas une trace de la colère qu'on avait pu imaginer.

Alice n'était plus la même. Elle avait le dos courbé. Elle était partie la tête haute. Elle revenait désemparée.

Soudain, un torrent de larmes a jailli de ses paupières. Albert a couru vers elle et il l'a serrée dans ses bras. Alice n'a pas résisté. Elle s'est blottie sur son épaule.

Elle sanglotait pendant que papa l'accompagnait vers sa chambre. Jamais, depuis notre naissance, nous ne les avions vus si unis.

Seul, sur le seuil de la porte, Valentino n'avait pas bougé. On aurait dit un naufragé sur une île, abandonné.

9
Une mère inconnue

Le samedi et le dimanche, nous n'avons pas revu maman. Elle restait cachée dans sa chambre et papa s'occupait de tout. Il préparait les repas, puis il retournait auprès d'Alice.

Pour ne pas nuire, Antonio et moi, nous jouions presque en silence. Nous passions de longues heures devant des casse-tête impossibles. Valentino nous observait sans oser trop s'approcher.

Depuis son retour à la maison, il ne savait plus où se mettre. Il avait l'air d'un chien honteux

d'avoir mordu la main de son maître. Il devait se demander qui pouvait encore l'aimer.

Petit à petit, il s'est rapproché et il a tenté de se joindre à nous. Il cherchait dans le tas de morceaux ceux dont nous avions besoin. De temps à autre, il nous tendait une pièce à essayer.

Dans la chambre de nos parents, c'était toujours le même scénario. De loin, nous entendions deux voix basses qui se répondaient. Parfois aussi, il nous semblait percevoir de nouveaux sanglots.

Enfin, le lundi matin, maman a quitté sa cachette. Papa nous avait prévenus que ce ne serait pas facile pour elle. Nous avions donc décidé de souligner son retour.

Sous la surveillance de papa, Antonio a fait cuire des oeufs. Valentino a préparé une douzaine de rôties. Et moi, à genoux sur la table, j'ai beurré les tranches de pain.

Papa avait le mandat d'offrir notre cadeau à maman. Lorsqu'elle a vu notre festin, elle a de nouveau éclaté. Elle s'est retirée dans sa chambre et elle s'est remise à pleurer.

Elle était incapable de se consoler. Elle semblait verser d'un seul coup les larmes de toute une vie.

Par un signe de la main, papa nous a regroupés au salon. Il a dit que nous étions assez vieux pour comprendre certains problèmes. Il nous a parlé de maman:

— Votre mère, quand elle était enfant, a souffert de ne pas être belle. Comme elle était grande et maigre, souvent on se moquait d'elle. On la surnommait «la girafe».

«Alice gardait, au fond du coeur, cette vieille blessure du passé. Elle a cherché à la guérir

en misant sur Valentino. Maintenant, elle sait qu'elle s'est trompée.

«Valentino a droit à sa vie. Il n'est pas né pour faire le beau, pour faire plaisir à sa maman.»

10
Une drôle de vidéo

Je sais que ce sera dur à croire, pourtant, c'est la pure vérité. Notre mère a beaucoup changé. Elle qui se fâchait si souvent et qui criait après nous. Elle est devenue une autre femme.

Une semaine après l'événement, Alice nous invite au salon. Elle souhaite qu'on visionne ensemble… le désastreux défilé.

Maman a d'abord demandé la permission à Valentino. Il était tellement surpris qu'il en est resté bouche bée. Il avait l'air d'un écolier devant une énigme insoluble.

Alice en a profité pour nous révéler certains faits.

— Quand le défilé s'est terminé, les parents de René-Charles étaient tous deux fous furieux. Ils sont venus dire à Valentino les pires bêtises que j'aie entendues. Valentino s'est excusé.

Notre frère a rougi un peu.

— Ils ne l'ont pas écouté. J'ai vu à quoi pouvaient ressembler des parents qui perdaient la tête. J'ai mieux compris Valentino.

Alice s'est adressée à lui.

— Papa m'a dit que, sur le petit écran, tu étais réellement superbe. Les caméras te suivaient de près. De ma place, dans la salle, je n'arrivais pas à bien te voir.

Valentino était confus. Il répétait ces trois seuls mots:

— Oui, mais, maman…

— On a travaillé fort, toi et moi.
Ce spectacle me tenait à coeur.

Valentino se tortillait. Il était
de plus en plus embêté.

— Oui, mais, maman…

— Il me semble que j'ai droit à une reprise.

Notre frère ne savait plus quoi penser. Il a regardé papa. Albert l'a attiré vers lui avec un sourire narquois.

— J'ai l'impression qu'il va te falloir obéir encore à ta mère.

— Oui, mais, papa…

Le magnétoscope a démarré. Les images sont apparues.

Plus le défilé avançait, plus nos yeux dévoraient l'écran. On atteignait le fameux moment où tout avait basculé. Albert a figé l'image.

Maman tenait dans ses bras un grand bébé: René-Charles. L'image était tellement drôle que personne n'a pu se retenir. Un immense éclat de rire a fait vibrer le salon.

Papa a pris Valentino et l'a déposé sur maman. En jetant un coup d'oeil à l'écran, Alice a imité sa pose.

Maman n'a jamais été aussi belle. Elle rigolait comme une enfant.

Table des matières

Achevé d'imprimer
sur les presses de Litho Acme inc.